지금 그리운 사람

지금 그리운 사람

초판인쇄일 | 2011년 07월 15일
초판발행일 | 2011년 07월 30일

지은이 | 강희동
펴낸곳 | 도서출판 황금알
펴낸이 | 金永馥
주 간 | 김영탁
디자인실장 | 조경숙
제 작 | 칼라박스
주 소 | 110-510 서울시 종로구 동숭동 201-14 청기와빌라2차 104호
물류센타(직송 · 반품) | 100-272 서울시 중구 필동2가 124-6 1F
전 화 | 02)2275-9171
팩 스 | 02)2275-9172
이메일 | tibet21@hanmailnet
홈페이지 | http://goldegg21com
출판등록 | 2003년 03월 26일(제300-2003-230호)

값 8,000원

ISBN 978-89-91601-05-5-03810

지금 그리운 사람

강희동 시집

황금알

| 시인의 말 |

사람이 그립다

사람 냄새가 아름답다

전자음이 세상을 휘황하게 난무할 즈음

처마 아래 투닥투닥 떨어지는 빗소리가 정겹다

사람의 마을에도 사람 냄새가 나야한다

강산과 들에 아직 어정거리는

그냥 그대로의 소리로 조용히 흔드는

사람과 나무들이 어울린 노래와 춤이

새삼 그리웁다.

2011년 여름

인덕원에서 강희동

차 례

1부
부활

개화開花 · 12

진달래 · 13

부활 · 14

개살구야, 너 같이 · 15

봄 · 꽃 · 16

사捨 · 17

춘래불사춘春來不思春 · 18

늦은 귀가 · 19

상사화相思花 · 20

꽃의 독백 · 21

눈뜰 즈음 · 23

나무가 나무라는 말 · 24

꽃은 피누나 · 26

2부
돼지국밥이나 될까

진공청소기 · 30

지하철 · 31

시인 · 32

돼지국밥이나 될까 · 33

눈높이를 위한 보충 · 34

지금 그리운 사람 · 35

취자시론醉者詩論 · 36

취자 선문답 · 37

고혈압 1 · 38

고혈압 2 · 39

도둑고양이와 아침을 · 40

요즈음 휴일 무섭다 · 42

무디고 더딘 멋 · 44

이천구 년도 밥상 · 46

변의 안부 · 47

식사 · 48

똥틀이여 안녕 · 49

여주 휴게소에서 분수를 보다 · 51

태국 안마 · 52

장례식장 · 53

3부
나무에게, 시에게

눈이 눈에 들어가 눈물이 되다 · 56

늦가을 굴참나무는 · 57

폭포 · 58

초여름 저녁 즈음 · 60

나무에게, 시詩에게 · 61

등산 · 62

날이 샐 즈음 눈이 내렸다 · 63

어느 날 설경 · 64

엉겅퀴 · 66

만년필 · 67

사후약방문死後藥方文 · 68

그대 떠나고 나서 · 70

입춘무렵 · 72

4부
엽신

엽신 · 74

피안彼岸 · 75

삼경세우三更細雨 · 77

낙엽이 다 떨어진 날 나는 · 79

강가에서 · 80

도피안사到彼岸寺 · 81

소백산이 부르거든 그냥 · 82

상원사 적멸보궁 · 84

월정사 · 85

청계사 가는 길 · 86

영흥도 소견 · 87

보문사 보견이 · 90

백담계곡 · 91

소는 숲으로 가고 · 92

지금 무심천에는 · 95

독도의 안부 · 97

누이의 수틀 · 98

물가에 쪼그려 앉아 · 100

빨래 · 102

문득 쪽빛 하늘이 그리울 때 · 103

누운 참나무는 구름으로 오르고 · 105

■ 해설 | 이승하
세속도시에서 자연을 꿈꾸고 종을 울리다 · 106

1부

부활

개화開花

살구나무는
제 몸 속에 언제
저리 많은 젖멍울
푸른 절망을
감추고
있었나.

진달래

사월에
산 뻐꾹새
절규

뚝 떼어
산 빛 좋은
마루에 널었더니

녹음 몰래
분단장한 계집이
이 산 저 산 막 타네.

부활

주전자 땀 뻘뻘
흘리는 삼복에
매미는
한 소리 토하려고
한 칠 년 땅속 면벽하다
산승 오도송으로
애벌레에
날개를 달다.

개살구야, 너 같이

개살구야
너 같이 살고 싶구나

아파트 후문 옆
누울 듯이 비스듬히 일어서

봄바람에 흘려 흰 속옷
다 벗기고도 살구 오지게 매달고

내 술 익어 붉어 젖어 오는 밤
노랗게 익어 터지며 환히 반기기도

건듯 부는 휘청 바람에 후두득
제 소갈머리 다 퍼주고도

파랗게 무성히 잎 살아 오르는
익어 문드러지는 개살구야

너 같이 살고 싶구나.

봄 · 꽃

안개 더불어 놀러 오던 밤
밤새 안개만 강물에
퍼 버렸네

노란 눈물종지
불쏘시개로
남겨 두었네

새벽 어둠의 틈 새로
다투어 밀어내는
저 무서운 반란.

사捨

내 알고 있던 것

내 은밀히 간직하고 있던 것

내 고단하고 분노로웠던

슬픔 외로움 즐거움마저도

슬그머니 모두

놓아 주자.

춘래불사춘 春來不思春

꽃 핀다 하면 노랑나비 날고
새 울자 날 밝아 온다
땅 거죽 베어 물고 파란 풀칼이
창궐하는 이른 봄의 나라

버들피리 따라나선
그 물길 한 세상 돌아
나 아직 세상에 서성이는데
무성히 입성하는 환희의 꽃 잔치

꽃 진다하면 가랑가랑 비 내리고
나비 따라 하늘하늘 봄도 날아 가
마른 가슴에도 무성성 풀들이 살고
또 그렇게 묻혀 살찌우는 그늘 속 땡감.

늦은 귀가

그 집에는
딸각딸각
밥그릇 소리 나고

내 몸은
휘청휘청
술 냄새만 나고

노랗게 잎 부수는
은행잎 부끄러워
발꿈치 들고 돌아오는 길

상사화相思花

화엽불상봉花葉不相逢

그대 다시는 나를
보지 못하리

붉은 꽃 지자
살아 오르는 푸른 잎

그대 다시는 나를
잊지 못하리.

꽃의 독백

돋보이려
피는 꽃 아니야
나를 열매짓기 위해
화분花粉의 교접 부르려
힘껏 색기 퍼내는 거야

봉접 먹이려
꿀 올리는 것 아니야
까만 내 생명의 씨방 여물기 위해
농염의 화분 날리며
꽃 만발 하는 거야

봄에만
피는 꽃 아니야
눈 내린 달밤 복수초
가을산 저문 기슭 구절초
제 때 제 모습으로 꽃 피는 거야

피는 것만 꽃 아니야
꽃잎 흘고 무성한 잎새 뒤 숨어
과육은 튼실해지고
네 살아 있는 모든 빛
비로소 꽃 되는 거야.

눈뜰 즈음

사람의 욕설에 대하여
분홍 꽃의 유혹에 대하여
무우장다리 밭 나비의 섹스에 대하여
어렴프시 눈 뜰 때쯤
조곤조곤 흐르던 냇물
발광하는 소리 보인다
깨어진 종소리 송화가루로
날리는 모습 들린다.

나무가 나무라는 말

나무가
나무라는 말
나무처럼 흔들리지 말고
나무뿌리가 땅을 잡듯
놓지 말라고 움직이지 말라고

나무가
나를 나무라는 말
먼 산 보지 말고 품속에 벌레조차 숨겨
붉은 햇살 빨아 무성한 잎이 되라고
가을 깊숙이 풍성한 과육이 되라고

나무가
나무라고 또 나무라는 말
너무 멀리 보지 말고 여유롭게
너무 많이 안지 말고 허전하게
흐르는 듯 멈추는 듯 가라고

손짓 하네
우두커니 내려다보며.

꽃은 피누나

꽃이 피누나

봄꽃 더불어 벚꽃
참말로 봄 부끄러워 참꽃
세상살이 노랗게 질려 개나리
등불 밝혀 살고 싶은 살구나무

마구 어울려 한판
눈물겨운 꽃 잔치

이 봄 다하면
청보리 푸른 칼날 창궐하는
꽃 진 자리 씨방 다소곳 속살 오르는
무성성한 여름 올까

무논에 볏잎 서걱대고
억머구리 와글대며
달밤 송굿대 키 솟구는

그런 여름 올까

또 꽃은 피누나.

2부

돼지국밥이나 될까

진공청소기

세상을 갈아 치우려면 먼저
내 배를 비우고
입을 오므려 모두어야 한다
힘껏 빨아 흡입하면
시간의 선반과 삶의 바닥에
흩어진 먼지와 휴지 조각조차
빨려 들어와 내 스스로
쓰레기가 되는
공복의 청소

지하철

땅속에도
길 있다

검은 혈관
밝은 불 켜고

아래로 낮추어 흐르는
사람들 살아 오르는 숨소리

나직한 이야기가
기차를 타고

이리저리 살아 보려고
길을 간다.

시인

종은 제 몸을 때리며
청아한 소리 토한다

누군가 때리는 자 있어
소리로 살아 종이 되었다

맞을수록 넘치고 번져
오래 맴도는 여운

나 누구에게 예배당 종처럼 맞아
청아한 제 소리 낼 수 있을까

스스로의 울음으로 날아가
미몽을 깨우는 종소리 될 수 있을까.

돼지국밥이나 될까

훌훌 김이 디스코 추는
설설 끓는 가마솥에 누워
못 먹어 툭 튀어 나온 주둥아리와
두 귀 쫑긋 치 세우고도 좋은 소식 안 들린
전생에 무엇 하나 이룬 것 없이
죽어서도 국밥이나 되어 남의 시장기 속에
소주 더불어 애꿎은 울분이나 달래다
새우젓 청량고추 얼얼한 세상 맛에 버물어
내장이나 간덩이 제 살 다 주고도
욕심 없는 돼지국밥이나 되어 장터 허름한
빗방울 낡은 썬팅 유리 사이로 던지는 선지국밥집에서
후후 불어 씹어 후루룩 목젖 너머로 넘겨 살아 오르는
저 춤추는 김발 더불어 돼지국밥이나 될까
누군가의 살아가는 힘이 되는 장터
돼지국밥이 될까.

눈높이를 위한 보충

아이의 보충 과외를 위한 시간
학습지와 선생과 아이, 그리고 나
눈높이 수학
수학의 눈높이
영어의 눈높이
아이의 눈높이
나의 눈높이
눈높이 선생
스스로를 만족할 줄 아는 눈높이
스스로를 가늠하는 눈높이
맨 먼저 눈높이부터 막힌다.

지금 그리운 사람

사람의 그늘에서도
늘 푸르게 서 웃는 함박꽃
새삼 사람이 그립다

촘촘히 삶을 바느질하는 사람의 마을
재봉틀로 바삐 지나간 시간의 흔적 속
오래 머무름 없이 그리운 사람 있다

세상 모퉁이 이마 맞대다 보면
부드러우며 단호하고 바쁘게 여유로운
문득, 반듯하게 단정한 사람 냄새 젖어온다

꽉 찬 여유, 동양화의 여백으로 그냥
그 자리에 허허로운 듯 진솔한 그런 사람
지금, 그리워진다.

취자시론醉者詩論

달도 찌그러진

늦은 밤

취자 왈

학문은 똥구멍이요

시詩 — 이는 오줌 떨치는 소리라

흐흐흐 —.

취자 선문답

아주 늦은 귀가 길
블럭 담벼락 틈에
내 연장 뜨거운 속물 솟구칠 때
용케 살아남은 달맞이 꽃
빙긋이 날 쳐다보며 하는 말
"조—오또 아직 살아 있느냐!"
정신이 몽롱한 환청에도
하얀 포말이 넘쳐흐르고
나 또한 혀 꼬부라진 취설로
"니는 내 오줌꽃이야!"
달도 없는 어중간한 허리춤
노란 꽃 대가리에 걸죽한
오줌맞이 꽃 우습다고
ㅎㅎㅎ
나
비틀 비틀.

고혈압 1

강북 삼성병원
공복의 채혈
끈적끈적한 혈관 속
힘주면 끊어질 비수를 감추고
고압 전선줄 동여맨 도시의 골목을
활보 한다 등 푸른 생선의 신경줄
바다로 향한 더듬이를 곤두세우고
폭발을 서두르는 낮은 포복으로
팽팽하게 부풀어 오른 불경기 속으로
성난 병아리 울음 섞으며
종종종 달려간다.

고혈압 2

내장 순환이 되지 않아
불끈 핏줄 선 게이트
외곽순환도로를 달리다
가지 말라고 차단기 내려지고
저장된 돈길을 따라 아우성으로
더 빠른 소통을 위한 하이패스 진행을 제촉한다
허공을 실타래로 얽어맨 전파의 웅성거림
내 외곽순환을 어슬렁거릴 즈음
내장의 적신호 차를 세우고 싸한 아랫배
행단보도 앞 늘어선 숨 가픈 기다림
팽창한 아랫배를 찌르는 교통방송
출근하는 아침햇살 노랗게 설사 한다
불끈 힘줄 선 푸른 동맥 고압의 팽창
체증으로 숨 고르지 못한 도시의 거친 숨소리
응급 아스피린으로 끌어 내리고
노랗게 질린 똥빛 햇살 펼쳐 가며
살랑살랑 거미줄로 위기 넘기는 실핏줄.

도둑고양이와 아침을

아파트 음식쓰레기통이나
뒤지는 도둑고양이

이른 새벽, 기름지고 풍성한 생활쓰레기 더미에서
쾡한 형형한 눈빛 앞세우고 먹다 남은 것을, 먹을
날 세운 앞 발톱으로 뒤적인다

식성이 변한 이빨과 입술 사이로 야옹이며
쥐를 잡거나 다투어 어렵게 먹이를 취할 수 없는
아파트 플라타너스 그늘 아래

마비된 육신을 휠체어에 맡겨 굴러가는 중늙은이
물끄러미 부러운 눈빛을 놓는다

휙 블록 담장을 뛰어넘는 발톱에 사뿐히
검은 비닐조각 따라 도망간다

어둠이 덜 엷어진 아파트 담장 따라

살아 보려고 사람들 부지런히 뛰고

자동차 문을 빠져 나간다
달맞이꽃 더 노랗게 이슬 먹는다.

요즈음 휴일 무섭다

또

토요일

꼬리를 물고 놓아주지 않는 공휴요일

일요일은 월요일 꼬리를 토요일은 일요일 목덜미를

목덜미는 꼬리를 소꼬리는 곰탕을 곰탕은 우족을

서로 물고 물리며 공휴치는 또 요일

공복의 그대에게 무엇에 물리며 물고 늘어지며

통사정으로 흥정하는 저 붉어지는 단풍같이

문득 문득 잊고 온 건망증으로

고단한 하루 낙엽으로 던지누나

또

토요일

무디고 더딘 멋

한때 바지 중앙선에
도루코날 선 날랜 멋을 부러워했다

용기 팽창한 열정의 한 시절
재봉틀 실밥으로 지난 뒤

다림질 없는 무던한
통바지가 편안하다

세사世事의 구김과 닳아 평온한
무사無事의 흔적이 머무른

펑퍼짐한 궁둥이를 따라
팽팽함이 멈춘 늘어진 젖가슴

수수대궁 와—와 일렁이는
늦가을 바람의 여백 속에도

새들이 앉았다 일어나는 저녁 즈음
무디고 한가한 멋 머무르고 있다.

이천구 년도 밥상

일천구백칠십 년대
혼분식 도시락 검사 받던 내가
칠분도 거무튀튀한 밥그릇 앞에 하고
쌍 눈 밝게 켜고 전속력으로 안겨드는
푸짐한 밥상 맞는다
배 드러낸 허연 생선 눈알들 속에
굶어 야윈 쥐새끼와 사라진 쥐틀
논두렁 이삭 줍던 칠십 년대
밀래의 저녁 종소리가 튕겨 온다
기름진 배 두드리며 깔깔해진 입맛
건강하다고 배부르지 말라고
된장 간장종지 일제히 빤히 쳐다 본다
칠분도 올망졸망한 밥반찬 그릇
파리새끼 한 마리 달려들지 않는
이천구 년도 칼로리 숟가락으로 뜨면
갸우뚱 일그러지는 눈부신 밥상.

변의 안부

내 변이
익어 문드러진 똥이 안 되고
말라빠진 짜장면으로 밀어내면
변란이 시작되고
기어이 똥틀이 고장 나는구나
노랗게 하늘이 일그러지고
웃음도 노여움도 똥틀의 안부 앞에
속절없이 낙엽이 되는구나
매일 흘러내리는 변기통 위에 걸터앉아
힘겨운 일상 밀어 내기에 힘주고
잘 익은 된장을 기다리며
또 하루 똥틀의 안부를
아침, 물소리로 내린다.

식사

도달이나 광어를 먹을 때
바로 목구멍에 바짝 이르거나
미친 고기처럼 씹어 먹지 말 것

아주 조용히, 살아 있을 때
바다를 헤엄치며 물길을 가듯
그렇게 자근자근 맛을 알며 삼킬 것

그 이름을 위하여
잠깐 묵념하듯 쫀득한 맛을
음미하며 먹어줄 것

나도 언젠가 잡아먹힐 때
이름값이나 알기 위해 세 치 혀
저울대 위에 올려 본다.

똥틀이여 안녕

매일 같은
일을 반복 하면서
아무 생각 없이 회중시계 추처럼
똑딱 거린다면 틀이다
재봉틀은 옷을 만드는 제 일을 하고
쥐 잡는 일에 쥐틀이 요긴 한데
거름도 필요 없는 세상에 변이나 밀어내는
똥틀
가장 밝고 깨끗함에서 어둡고
독한 뜨거움의 소용돌이 지나
잘 익은 색과 냄새로 변을 밀고 나오는
똥틀
매일 같은
일을 반복 하면서 하루라도
통과의례를 멈춰 버리면
똑딱 거리던 시계도 멈춘다
병원도 약국도 식당도 헬스장도
똥틀의 멈춤을 우려하며 불을 켜고 있다

나 또한 똥틀의 안녕을 위하여
변기 위에 죽치고 앉아
용쓰고 있다.

여주 휴게소에서 분수를 보다

순리를 거슬러 허공에
솟구치는 팽팽한 물줄기
분수가 분수를 잃다
순간의 배반을 뿜어
허공 중간 쯤 체류하는 것도 잠시
제풀에 죽어 체념의 비가 되는 정오
삼복 뜨거운 눈요기나 되다가
다시 물이 되어 제 몸
낮추어 땅을 기어가는
아래로만 흐르는 물이 되는 것을 보고야
흐지부지 사람들 흩어져 제 길로 돌아간다
물끄러미 배설의 욕구 감추고
분수의 오줌줄기를 감추고 있다
화장실 앞에서 나도.

태국 안마

누워 하는 일은
누워 봐야 안다

전신을 내 맡기고
손에 잡혀 떠다니는 부초
영혼은 천장 정방형 거미줄에 머물고
이제 지친 육신 너에게 맡기는구나

타이 – 시간이 지친 – 안마
안마 암 알고 말고 암!

전신의 온 힘 손가락 끝으로 눌러 가며
붉은 저녁놀 검게 저무는 이국의 지친 밤
열두 손가락 경혈 찾아 누워 버린 몸
타이 안마 – 암 – 알고 말고

누워 하는 일은
누워 봐야 안다.

장례식장

곡소리 없다

절만 한다

저승 가던 영정 문득 내려다 본다

사진 속 멈춰 서로 눈 마주 하고

산 자와 죽은 자의 경계쯤에서 속으로 피식 웃어도 보고

자정 넘어 다 돌아간 뒤 휴식의 영안실

상주와 망자의 시간 끝에 내려놓는 삶의 무게

이박삼일 장례의식 활동사진 속으로 마감하고

검은 상복 벗고 돌아 와 현실에 뒤섞이며

조의금 세어보며 잘 끝났다고

홀가분히 핸드폰 문자메세지로

"금번 조사에 바쁘신 가운데……" 인사한다.

3 부

나무에게, 시에게

눈이 눈에 들어가 눈물이 되다

강남에 내리는 지폐조각
같은 눈 부릅뜬 돈
포장마차 오뎅국물 사이로
훌훌 날린다
마이더스 손으로 표백된 시공
검게 그을린 도시의 시간에 숨는다
눈부신 해가 떠오르기 전
뜨거워지기 전까지 흰빛 속여
순수로 그대 눈 속에 눈물로 괴다
알 수 없는 검은 눈물이 나다.

늦가을 굴참나무는

울울이 키 키우는 굴참나무
하늘 찌르는 높이에는
먼 곳을 보기 위한 발돋음만은 아니다
오늘도 날 찾아오는 늦가을 볕을 경배하기 위해
빛바랜 잎들 수런수런 흔들어 땅속 깊숙이
뿌리박는 것이다 아니 넘어지지 않기 위하여
물관부로 쉬지 않고 물을 퍼 올리는 것이다
아니, 남 몰래 잔뿌리로 땅을 움켜잡는구나
내 너를 건너다 보는 측은지심 속에 아직
십구공탄 질긴 불길이 살아 있음을
굴참나무는 알고 새벽에도 노랗게 질리며
뚝 뚝 꿀밤을 땅으로 던지는구나.

폭포

네 시작은 작은 물길이었다
높은 꼭대기에서
풀뿌리를 씻으며 돌덩이 비비며
거친 여울도 돌아 숨차게 내려 온 길
더디고 순탄한 내림만은 아니었다

밤 깊어 풀벌레 소리도 두런대던
쪽동백나무조차 깜박 조는
고단한 시간의 둔덕을 지나
이제

나를 바꾸기 위해
곤두박질하는
격정의 낙하

내 몸을 산산히 부수며 비로소

거대한 물의 원력을 내 보이며

숨 가픈 포말 머금고 길을 간다

조용한 평지도 듬뿍 적시며
내 길 만들며 적시며
끊임없이 아래로 아래로
물길을 간다.

초여름 저녁 즈음

만신창이로 맞아 축 늘어진
너구리 한 마리
오월 뻐꾸기 울자 일제히 나무들 녹음 토하다
너 재수 없이 농부의 올무에 목 걸려
헐떡이다 지는 순백의 꽃잎
어둑해지는 산골 무논에 개구리 죽어라고 와글대는
논둑길 따라 안평安平할배는 너구리 목덜미 움켜쥐고
어둑어둑 어둠을 밟고 마실로 내려오고
삶과 죽음의 경계가 그렇듯이
숲과 밭고랑과 짐승과 사람
서로 눈 부릅뜨고 밤새
밭고랑에 어슬렁거릴 또 다른
먹이를 경계하며 나도
밥숟갈을 든다.

* 다리 부러져 널부러진 너구리 목덜미를 움켜잡고 중얼거리며 내려오는 안평安平
　할배를 보며

나무에게, 시詩에게

오래 거기 서 있었다
바람이 흘러도 눈보라 지나쳐도
한해 하나씩 동그라미 그으며
배추나비도 가고 동박새 겨울 밑으로 숨고 감자꽃도 하얗게 시
들었다
하얀 웃음도 노란 눈물도 푸른 열정도 붉은 사랑도
맥없이 갈 낙엽으로 내리고 네 사랑을 가지마다 숨겼다
열매 붉지 않으면 어떠랴 맺지 않으면 어쩌랴
기다리지 않아도 쉼 없는 기다림이 네 그늘 밑에 머무르고
부르지 않아도 새들은 네 품으로 날아와 깃들인다
거기 내 있어 여기 그대 보노라
날이 밝아 새들의 우지짐도 활처럼 휘어지고
놓으면 핑 떠나갈듯 아득함이 팽팽한데
그냥 묵언으로 세상에 맞서 뿌리내린 나무
빛이 사그라진 밤 모두가 그늘이다
그늘이 없는 쉬어 가는 적막이다
한 획 성냥불 그어대는 씨 불이
그늘을 밝힌다 어둠을 태운다
일렁이는 시의 그늘이 된다.

등산

사람들 제 살 길 찾아 산으로 오르고
산, 숨차 오른 능선으로 길을 낸다 산길
이윽고 길 밟을수록 단단해지며 허물어지는 표피
나무, 넘어지지 않으려 앙상한 뿌리로 땅 부여잡고
더 넓고 많은 햇볕 받고자 저마다 키를 높인다 잎들
주름진 이 골 저 능선에 모두들 붙어 서서
잘 살아 보려고 저 마다 영역을 내어주고 깃들인다
지친 그늘 아래 엷은 빛마저 넉넉지 않는 음지에도
축축이 땅을 흥정하며 양치류 같은 풀들이
아무렇지도 않은 척 빛을 외면하지만 정작
산꼭대기를 장악한 형형색색의 사람들
야호 소리 지르며 땀을 닦는다
등짐 진 산은 말이 없다.

날이 샐 즈음 눈이 내렸다

레일을 깔아뭉개며 총알처럼
눈발이 날렸다

포연처럼 뿌연 연기를 지상에 뿌리며
그렇게 눈발이 내렸다

검은 옷을 걸친 사람들 조용히 어둠을 걸어 나와
공단 어디론가 흔적 없이 흡입 된다

날이 샐 즈음 눈이 내렸다 소복한
누이의 눈 이슬처럼 조용한 슬픔이

종소리로 날아 가다가 전동차에 부딛히며
조금 늦은 사람들의 어깨와 머리 위에도

털어 버리지 못한 근심처럼 공단 촌
날이 샐 즈음 아득하게 눈이 내렸다.

어느 날 설경

작은 것을 탐하여 큰 것을 놓치고 있었다
이른 새벽 역사驛舍 놓아두고 흐르는 전철처럼
제 시간에 제 모습 흩어 두고
느리게 몸 흐느적대고 있었다

눈이 내렸다
대숲을 흔드는 소리도 없이 얄궂게
하얗게 모두가 미끄러지고 있었다

레일을 마찰하는 전동차도
내 목구멍을 떠내려가는 젖은 밥알도
터널을 지나고 거친 숨소리로
벌판으로 내 달리고 있었다

눈이 내렸다
길 위를 종종종 새처럼
뛰고 있었다 바람에 우는
전선줄 위에도 공간을 지우고

풍경화로 눈이 내리고 있었다

작은 것을 보다 세상이
무너져 내리는 모습을 잊었다
폭설에 함몰 된 세상은 고요하다

이윽고 새들이 눈을 털며
지상에서 허공으로 비행을 한다
그때 영문 모를 하얀 꽃들이 피어나고
바람에 눈꽃이 또 지고 있었다.

엉겅퀴

너무 많은
그리움이 있으면
한 곳도
그립지 않다
강둑에 앉아 생각나는 사람
있으면 강둑이 파랗다
바람으로 흐르는 기억들
꽃대궁 간질인다
흔적 없는 고요
달빛 무너진 도라지 밭둑
엉겅퀴 피누나
엉거주춤한 시간의 언저리에
엉겅엉겅 엉겅퀴
꽃피누나.

만년필

만년필 잉크가
그녀를 생각케 한다

만년 동안 잊지 말라고
좋은 글이 되라고
만년필이 되라고

굳어 흐름을 멈춘 만년필
낙서조차 되지 않는 글

잊으라고 늦게 잊혀 가라고
잉크가 멎어버린 망년필忘姩筆

사후약방문死後藥方文

독감을 얻은 후
술을 버렸네

독감을 보낸 후
술을 찾았네

술을 얻은 후
사랑을 잊었네

사랑을 보낸 후
독감을 얻었네

사랑도 술도 독감도 함께 취하네

병瓶과 술과 사랑이 가지런히 누웠네

일어서야 할 때 누워야 할 곳 알지 못 하네

술과 사랑에 눈멀어 병을 얻었네

눈병을 얻었네 보지 못하네

그대 보이지 않네.

그대 떠나고 나서

그대 보내고 나서
큰 강을 건넜다
강을 건너지 못하는 길
허리에 강을 두른 자작나무 숲 두고
강을 건넜다

그대 떠나고 나서
네온전등이 그리 슬픈 빛으로
부서져 세상이 밝아진다는 것을
짙은 어둠에 전등이 더욱 빛난다는
것을 알게 되다

그대 잊으려 문 닫자
더 궁금해지는 문 밖
문 열자 자욱한 안개의 늪
가랑잎, 새조차 날지 않는
허전한 공간에 게으른 눈발이 긋다

그대 흐르고 나니
날이 저물어 저마다 집으로
방울새처럼 날아 허공에 숨고
홀로 나목으로 서 있는 자작나무
아래로 흘러가는 아득한 물의 노래

그대 버리고 나서
목젖 아리게 쥐어뜯는 자주감자꽃
그렁그렁한 가로등의 눈물자루
흘러 흘러 도랑물 되고 아득한 안개꽃 피고
강자갈 쌓이고 또 강물이 흐느끼고.

입춘무렵

잊는다 하면 산처럼
덮쳐 오는 파도
버린다 할수록 난분분
허공에 떠 도는 눈발
하얗게 덮어 가는 기억의 평지
산에도 들에도
눈이 온다
잊는다 눈 감을수록
꽃이 핀다.

4부

엽신

엽신

너무나 쓸쓸하여 내가
나에게 편지를 쓴다

누군가가 잊혀 오랜 지난 날
삐걱이는 목조 교실 벗어나는 풍금소리나
초가지붕 굴뚝을 오르는 아련한 연기 같은
떨림이 조금씩 살아 올라
문풍지 우는 두근거림으로 손내밀 때
떨림은 쪽마루를 내려 와 이내 뒷단장 댓잎을 흔들고
마을 고샅을 휘돌아 추운 세상에 맞서 사시나무로 떨며
삭막과 암담에 몸 움츠리다 비로소
오래 떠나 감감한 기차소리를 듣는다

길이 끊기어진 기차와 간이역
먼 모습과 환청으로 오가는 엽신

너무나 쓸쓸하여 나에게
오래 머무르던 편지를 보낸다.

피안 彼岸

그대에게 가는 길은 너무 멀다

새벽 무서리로 내 몰던 제 잔소리도
칭얼대는 도랑물 되어 해 기우는 하오
서릿발로 매섭게 세운 날도 무디어 지고
갈 까마귀 홍시 파먹은 눈으로
세상 어둑해지는 즈음

그대에게 이르는 햇살은 너무 짧다

어둠침침한 작은 골방을 지나 이윽고
세상 비집고 간신히 서 보면
발목시린 어느 집 감나무 밑 음지 그늘
누구야 누부야 불러 흔들어 컹컹 개 짖는 소리
밥 짓는 연기 하늘로 조용히 소지 올리는

그대에게 가는 길은 너무 적막하다

감추어 둔 옛 생각 스멀스멀 일어
나는 베개나 끓어 안고 유행가사나 흥얼거리며
멀어져 가는 기차소리를 듣는다
날아 온 빛들이 새털구름을 붉게 물들이며
더욱 아득해지는 시간의 노을
비파소리로 파고드는 고단힌 일상
흩어지는 부운처럼 온 길 묘연할 때
아직도 몽상의 그늘에서 서성대는

그대에게 이르는 그 곳은 너무 멀리 있다.

삼경세우三更細雨

남도에 비가 온다
입춘지절

얼어 눈으로 날려 보련만
그만, 비가 되어
잠 덜 깬 땅 거죽 헤잡으며
눈새기꽃 노랗다

떠나가고 있었다
단단히 머무르던 얼음조차
푸석한 웃음으로 허공에 오르는
깊고 높은 산골짜기 눈 녹는 이야기

석 삼 일 가랑비라도 내렸으면

하늘도 바람도 젖어
사람 흔적 없는 마을

누구야, 누부야
아무리 불러도
칙폭 칙폭 비 젖은 기차소리 환청
남도에 풀빛 몰고 비가 온다

밤이 다 하도록
덜컹이는 창문 틈 사이로
봉정사 천년 묵은 새 울음 앉은
마당만 내다보았다.

낙엽이 다 떨어진 날 나는

낙엽이 다 떨어져 가을이 간다는 것을
가을이 가기 위해 낙엽을 떨친다는 사실을
어렴풋이 알아버린 지금에서야
잘 익은 여인의 향기가 세수비누 냄새라는 것을
허공에 매달려 떨치는 저녁 예배당 종소리가
복음을 전파하는 소집신호라는 것을
수다스럽게 저리 빛 고운 단풍이
발악하는 최후의 만찬이라는
그런 허전한 사실 앞에서 더욱 허망해지는 나는
수북히 버린 제 옷을 내려다보는 앙상한 나뭇가지 아래
더욱 경건하게 마음 가다듬어
파랗게 얼어가는 동천을 올려 다 본다
마침 눈에 잡힌 가지 끝 햇살 받은 맑은 감 홍시 하나
오대산 상원사 얼어가는 동자승 볼 같은 미소를
어디서 날아 왔는지 가지 휘게 앉은 까치가
부리 깊숙이 제 속살을 묻혀도 속수무책으로
빙그레 웃는 그런 여유 앞에
나도 알 수 없는 내 속을
자꾸 들여다 본다.

강가에서

친하지
친하지
친하지 할수록
물결은 눈살 아련이며
멀어져 퍼진다

멀어 가라
멀어 가라
멀리 가라 할수록
물결은 모래톱 밀어 오며
발바닥 간지린다

산다는 것은 바람에 맞서
가슴 비우는 연습

바람이 수면을 간지려
물결 밀어 퍼지듯
공허한 마음 먼 하늘
구름 모은다.

도피안사到彼岸寺

서녁으로 아득히 달려 나가는 하늘 끝
산 밑 가람의 날개에 앉은 눈(雪)
풍경을 울리는 바람의 보챔에
오백년 묵은 느티나무 가지들 일제히 하늘로 기지개 펴다
물끄러미 올려 본 일주문 너머 대광보전
비로자나불이 사라지던 천년 전 이끼 낀 전설
잠청暫聽하는 육중한 고요 속에
돌탑, 느티나무, 석등과 연꽃조차도
니르바나를 염원하며 익숙한 기다림에 기대면
쇠기러기 떼 흩어져 하늘 비우며
피안이 어디냐고 날개 짓으로 물어온다.

소백산이 부르거든 그냥

첩첩히 들어앉은 산들이
겨울 흰 눈을 덮어쓰고 소백이
산은 산으로 이어져 능선으로 달리고
능선을 쓰다듬은 바람을 골골이 내려 보내
산 밑 엎드린 작은집 담백한 사람들 달래고
절기마다 온갖 산야초와 들꽃들을
제 앞자락에 키워 마을로 내 보내고
세류에 지친 자 마음 상한 자 계곡으로
산속 깊숙이 불러들여 약이 되고
이야기가 되고 노래가 되는 소백이
주름진 능선 계곡에 가슴마른 사람들
흠뻑 푸른 물로 적셔 또 다시
우-우 나무들 일어선다
푸른 숲 풍성한 잎들 넘실거리며
부드러운 바람 부채질에 희방수 흘러
폭포가 되고 사랑이 되고 열매가 되고
마음이 허허로운 자 소백의 주름 속에
묻혀 잠시 쉬어가는 구름 되어 보련가

이름 모를 풀이나 되어 보련가
야생화나 되련가.

상원사 적멸보궁

오대산 적멸보궁 가는 길
푸르댕댕 얼어 멈춘 개울물
허공에 새들도 날개를 접은
신년벽두 깜박 멈춘 시간 사이로
마알간 발자국 길을 이어 간다
적멸보궁 오르는 사람들
산 아래로 내려오는 어둠살
하늘 찌르고 선 전나무 숲 사이를
기력 다한 호호백발 할매
허적허적 산길에 묻힌다
아주 늙어버린 문수동자.

월정사

겨울반달 머무른 월정사 다한 자락
매운 바람마저 고요히 머무는 날
나목의 빈 가지에 새벽달 걸리고
잔잔히 별빛 부수는 소리
미몽을 흔드는 범종의 울음
세상으로 나가는 길이 막히고
문수보살 옷자락 달빛 쓸어 담으면
파랗게 얼어가는 동자승 발알간 볼
꽃불처럼 가늘게 떨다가
포르릉 동박새 한 마리 되어
세상 밖으로 묻힌다.

청계사 가는 길

저녁 즈음
숲으로 길이 난
나무 가지 서쪽으로
비스듬히 걸린 해
까치집도 허전히 빈
하늘
모두가 벗겨 있었다
푸른 물길마저
멈춰버린 봄 언저리
잣나무만 물 퍼 올리는데
골을 타고 내려오는 저녁 쇠북소리
주춤 주춤 봄빛
발섭에 감기는데
청계사 가는 길

영흥도* 소견

나 서쪽으로 간다
동풍이 불어 옷깃 부스며 누구도 기다리지 않지만
바다가 푸른 빨래로 널려져 있고 어디선가
부드러운 바람 냄새가 파도를 타고 들어 와
먼 이국의 풍경을 상상으로 내려놓는
낯선 바다로 간다

내 너와 연결되듯 거친 숨 쉬는 육지의 손과
파도에 잠길 듯 가날픈 섬의 옷자락을 잡고
길을 내는 연육교 기인 다리을 타고
섬의 깊숙한 자궁으로 든다

육지에서 지친 사내는 서해 갯뻘에 제 속 못 이겨
검은 오물 토한다 이내 흰 포말의 거품을 문 파도는
아무 일 없다는 듯 바지락이나 맛살 개불조차 게눈 감추듯 쓸어
포말의 치마자락에 감추고 나는 흰 잇발 드러내며
부서지는 파도나 보다가 사람들이 옹기종기 머물어
숨 쉬는 마실로 돌아 왔다

서어나무 울타리 십리포 해수욕장 싸안고
해안은 벌거벗은 검은 모래의 알몸으로 사람들을 기다린다
연인들 겨울바람 머리칼로 세며 자박자박 해변 숲으로 묻히고
배고픈 바다새 폐선의 언저리에 앉았다 섰다 하늘 높이를 잰다

물과 허공의 대치!

갈매기 끼룩이며 시공을 저어 그림 끝으로 밀려나도
여전히 허전으로 떠 있는 섬
돌아 갈 길 아득하고
내 기억의 사람들 잠시 잊고 섬의 바위가 되어
나무가 되어 육지 건너보며 굳어지는
시간의 미이라나 될까

나 서해로 간다

서방정토 길이 아니지만 그 쪽으로 바람이 불고

붉은 해가 지는 서녘에 더 이상 육지가 다다르지 못해
섬이 되고 바다가 되는 그곳에 머무르다 밝은 시간 뒷짐 지는
어둠의 그림자에 숨어 돌아 올 길 아득한
서쪽 해지는 섬으로 간다.

* 영흥도 : 인천광역시 옹진군에 속해 있는 서해의 섬

보문사 보견이

경상북도 학가산 골 언저리
보문사普門寺에 가면
늙은 백구 한 마리 있다
주지 도문道門스님 세상 넓게 보라고
'보견普見'이라 이름 하였다
보견이도 시간 속에 묻어 보문사에 십수 년
새벽예불 도량청 따라 견성성불 했는지
짖는 이치 깨우쳤다
개만도 못한 사람들
칠석날 극락보전에 절 한다
나도 절 한다
학가산 보문사에 가면
눈 먼 사람 세상 보라고
늙은 백구 한 마리
보견普見하고 있다.

백담계곡

너 거기서 길 따라
산 계곡 깊숙이 오르고

나 여기서 물 따라
산 아래로 허적허적 내린다

언제 만나련가 기약 없어도
슬쩍 스치는 옷깃에 머무는 묘연

인연이다 인연이다 빗질하며
바람 더불어 산허리로 내리는 구름

산 또아리 풀어 계곡을 내면
물 중중 산 첩첩 물문을 열어

백 구비 머물다 돌아치는 물머리
미움도 연민도 더불어 물이 되어

너 길 따라 숲으로 들고
나 물 따라 마을로 온다.

소는 숲으로 가고
— 기축년을 맞으며

소의 해
소도 추워
우 – 워워워워

해도 추워
어 – 덜덜덜

이빨도 차도 떨린다
세상이 떨려 자작나무 숲
보이지 않는다

심우도에 있던 소
마을로 내려 와
사람 찾고 있다

소걸음으로 뚜–벅 뚜– 벅
걸어가다 소를 탄 여인을 보다
피리소리에 춤추는 눈발

눈이 이윽고 오래 내리고
눈 속에 묻힌 자작나무 섬세한 가지
눈에 눈이 들어 가 눈물이 되다

눈의 물인지 눈물인지 물의 눈인지
알지 못해 그렁그렁 눈 속에 감추고
숨어 있는 세상을 보다

너무 고단하여 제 길 비우고
허공으로 날아 사라진 얼음 새
물고기 되어 얼음 밑에서 얼다

소를 찾지 못하는 동자
얼어 있는 빨간 동자승 볼 오려내어
하늘에 걸어 두다

비로소 해가 뜨고 빛나는 하늘

따스한 볕이 눈 속으로 날리고
얼어 있는 길 녹아 물길이 되다

붙었던 소의 발 떨어지고
자작나무 숲으로 뚜벅뚜벅 옮겨 가는 소꼬리
가리키는 손 따라 소는 숲으로 들고 허전한 바람이 불다

사람들 왁자지껄 숲에서 걸어 나와
얼어 죽은 시신에 거적때기 덮다, 그날 조간사설에
“오랜 추위의 극성으로 봄이 오기도 전 많은 동사가 예상 …….”

지금 무심천에는

물과 땅이 서로 찾지도
그리워 한 흔적 없어
그냥 그렇게 무심히 흐르는 무심천

저 강 건너면 무심 마을에
바람마저 하얀 깃발로 흔드는
무심한 사람들 연기 올리며 살고 있을까

꽃들도 제 마음 몰라 하얗게 핀다
가을 들풀도 제 모습 잊어
하얗게 대궁을 올린다

들꽃처럼 마르는 풀처럼 쓰러질지라도 지금은,
개천을 흔드는 억새대궁인 것을
바람도 알고 쇄아 쇄아 소리 내지른다

서로가 찾지 않아도 그리워하지 않아도
산천에 꽃 지고 하얀 겨울이 온다

기다리지 않아도 손님처럼 왔다 가고
보내지 않아도 구절초 마디마디
상여처럼 꽃망울 단다

저 강 건너면 무심 마을에
무심한 사람들 소지 올리며 살고 있을까
강을 건너지 못한 길 끝에 서성이며
물길 따라 아득히 흘러 보내는 무심천.

독도의 안부

허공에 한줌 괭이갈매기 던져 날리고
동해 푸른 창랑에 몸 단정히 씻기우며
아득히 홀로 돌아 앉아 파아란 풀, 돌이끼 키운 지 수만 년
내 한때 부글부글 끓어 넘치는 지구의 불덩어리였다
세상이 뜨겁게 몸 푸는 어느 날 나를 감추지 못해
해 뜨는 동쪽 언저리에 불쑥 몸 내밀어 울릉도 외로운 아들이
되었다
물 밑 손 내밀면 잡히는 울릉아비의 숨결 백의민족의 두런거림
바람 불고 폭우치는 세월의 격랑 속에서도 울릉아비의 도포자
락 부여잡으며
넘보는 자 탐욕의 눈길 떨치고 떨어지지 않으려 매달리며
수많은 풍랑조차 다독여 잠재우는 독도가 되었다
수상한 한 시절 가고
음모의 두런거리는 소리들, 맑은 바람에 귀 씻고
나 오늘도 서쪽 멀리 반도의 소식에 눈 주고 기다리고 있다
나를 찾아 밀려오는 한반도 백의민족의
낮은 소리에도 귀 기우리고 있다

누이의 수틀

누이가

수를 놓는다 형형색색

많은 수 한숨 눈물자국으로

한 땀 한 땀 바늘 끝으로 제 속 찌르며

누이가 수를 놓는다

색실 정방형 스크랩으로 엉켜 살려 낸

환히 웃던 밑그림, 더욱 침침해지는 시간의 얼룩

수정 같은 눈물 돌리며 수틀에 갇힌 시간의 골방

기다림 더욱 지쳐 멀어지는 출구

이윽고 숨죽이던 한숨 터지자

누이의 손가락을 찌르는 바늘 끝 비명

빠알간 피의 방울 튀어 매화꽃 수 되고

꽃가지 휘어지게 날아드는 두견새 한 마리

수틀 속에 갇힌 한 세월 훌쩍 날아올라

누이 같이 하얀 눈이 내리고

머리 위에 눈꽃 이고 다니신다.

물가에 쪼그려 앉아

물가에 앉아
저들끼리 소리 내며 흐르는
물길을 조용히 봅니다

어디에서 시작하여 왔는지
어디로 가려는지 알려고도 않은 체
운명처럼 풀 섶을 간지리며 제 길을 내며 뒹구는 물

물가에 쪼그려 앉아
비를 쫄딱 맞고 어깨 수그려
나지막히 흐느끼는 들풀을 봅니다

누가 뭐라 하지 않아도 제 꽃을 피워 올리고
목을 빼며 살아 보려고 바둥바둥 키를 키우며
제방둑을 온통 파랗게 뿌리 내리는 엉겅퀴

모두들 세상에 나와 제 자리에 제 몫으로
저리 어울려 물이 되라고 풀이 되라고

물처럼 들풀처럼 흐르고 어울려 세상이 되라고,

나도 물가에 쪼그려
물길이 되어 들풀이 되어
조용히 흐느껴 흘러봅니다.

빨래

내 살아가는
부대낌의 흔적
얼룩진 옷가지
낯 붉어지는 음밀함 가리고
돋보이고자 형형색색 드러낸
빛바랜 시간의 흔적 빨아낸다

노란 일상
마뜩해지려고
허술해지려고
부셔대는 세탁기

겨울 나목도 얼어 있는
하늘 파랗게 입고
눈발은 세상을 하얗게
빨아내고 있는 것이다.

문득 쪽빛 하늘이 그리울 때

옥색 하늘이 땀 흘리며 밀려 와 비 흩고
훅 불면 날아갈 듯 푸른 산이 한 달음 물러나면
나는 올망졸망한 강자갈밭을 어정거리며
당신의 주름살을 생각합니다

어메
뒷골 사래 긴 밭이랑으로 당신의 땀과 사랑이 갈아엎어질 때
쪽빛 하늘은 가을을 물고 아주 조용히 서성거렸습니다

푸른 치맛자락에 매달려
칭얼거리던 서러움도 낮잠처럼 한 시절 지나
스스로 씨앗인 양 제 몸 부풀려 하늘 우러러
그 그늘의 넓이와 바람의 깊이를 알겠습니다.
때가 되면 조용히 붉어지는 홍시처럼
갈꽃 향기, 들꽃 피는 소리, 비로소 보입니다

서답 두드리던 강가에도 노을이 곱게 번져
붉은 눈시울 강물에 빨아 낼 때

푸른 산의 노래가 휘적휘적 물길로 빠져 나가고
이제야 당신의 고단한 길도 끝이 나는지
숨소리 가늘어 집니다

검은 잠이 다 내리기 전,
어메 두르던 옥색치마
바지랑대에 널어 두면
그때도 쪽빛 하늘 내려와 산 밑 어둠
살포시 덮겠지요.

누운 참나무는 구름으로 오르고
― 倂山 故 권오일* 선생 영전에

옛집 뒷단장 오래된 굴참나무
풍상에 못 견디고 예고 없이 쿵 쓰러지다
온통 그늘 지워 주며 눈 들어 우러러 보던
산을 아우르며 동네가 꽉 찬 참나무였는데
아직 품안에 품은 영근 꿀밤들 다 쏟아 내지 못한 채
속가지에 둥지 튼 여린 새들 황망하고 애닲아라
말없이 눈 뜨지 못하는 묵언 감감한 검은 시간 속으로
꽃비 뿌려 누운 뒤 복사꽃은 눈처럼 지고
또 한 계절 눈물로 녹아 흘러가거라
듬뿍 적신 먹물, 쓰다 만 글귀 마르지도 않았는데
산천은 녹음으로 온통 푸르러도 한번 누워버린 참나무
여름 폭우에도 바싹바싹 마르며 떠나가는구나
상여소리 옛집 뒤 언덕배기 참배밭 돌아나갈 때
그냥 괜찮다며 손사래 치듯 칠월 더운 뭉개구름
파란 하늘 가운데로 퍼져 오르며 웃으시는 듯
못다한 당부 말씀 묵언으로 남아
 올 가을에도 참나무는 새벽 맑은 가슴 속으로
뚝 뚝 꿀밤을 살아 있는 말씀으로 던지실 게다.

* 倂山 故 권오일 : 2010년 7월 16일 작고한 필자의 장인

세속도시에서 자연을 꿈꾸고 종을 울리다

이 승 하(시인 · 중앙대 교수)

21세기도 10년이 지난 요즈음, 우리 시단의 침체는 늪에 빠진 야생동물의 신세 같다. 젊은 시인들의 난해성은 소통 불능의 상태에 이르러 있고, 지나친 산문화는 운율의 완전 상실을 가져왔으며, 문법 파괴는 '말이 안 되는 시'를 산더미처럼 쌓이게 하고 있다. 거기다 영상과 공연문화의 거센 도전까지 받아 풍전등화의 처지에 이른 우리 시를 구할 자는 과연 누구일까. 시인밖에 없다. 동네 서점에 갔다가 시집 코너가 없어진 것을 보고 경악할 필요가 없다. 언어의 연금술사임을 자임했던 우리가 국적불명의 시를 써왔고, 우리말을 네티즌들보다도 홀대했는데 그 누구를 탓할 것인가.

이런 암담한 시절에 강희동의 시를 읽고 있자니 잃어버린 시원 始原의 바람소리, 태고의 물소리를 듣고 있는 기분이 든다. 때로는 선현의 목소리, 혹은 고승의 법어를 듣고 있는 느낌도 든다. 아니, 그보다는 일상의 삶에 지쳐 있던 샐러리맨이 산에 올라가 야호— 하고 외치는 소리를 듣는 기분이 든다. 지금 이 시대 주류

들의 시 창작 방법론으로 그는 시를 쓰고 있지 않지만, 오히려 그
렇기 때문에 더욱 신선하게 느껴지는 것은 내가 어느새 구세대가
되었기 때문일지도 모르겠다. 하지만 온고이지신의 정신을 실천
하고 있는 한 시인과의 만남이 기뻐 나는 기꺼이 해설자의 자리
에 서보기로 하였고, 이제부터 몇 편의 시를 감상해 보겠다.

> 살구나무는
> 제 몸 속에 언제
> 저리 많은 젖멍울
> 푸른 절망을
> 감추고 있었나.
>
> — 「개화」 전문

　시집의 제일 앞자리에 놓여 있는 작품이다. 살구나무는 초봄에
꽃을 피우고 여름에 둥근 핵과가 익는다. 살구나무의 개화를 인
상적으로 묘사한 이 시는 자연의 끈질긴 생명력에 대한 예찬으로
읽힌다. 우리 인간은 식물의 개화를 그저 계절이 바뀌면 나타나
는 현상으로 인식하지만 시인의 눈은 그것이 식물의 처절한 생존
투쟁의 결과임을 놓치지 않고 있다.

> 사월
> 산뻐꾹새
> 절규

뚝 떼어
산빛 좋은
마루에 널었더니

녹음 몰래
분단장한 계집이
이 산 저 산
막 타네.
– 「진달래」 전문

사월이 오면 온 산과 들이 진달래 천지가 된다. 그저 필 때가
되어 피어난 것이 아니라, 산뻐꾹새의 절규가 꽃나무들을 환장하
게 해 이 산 저 산에서 분단장한 계집이 막 타오르는 것이라고 시
인은 말하고 있다. 이런 식의 발견 혹은 깨달음이 참신하다거나
독특하다고 말할 수는 없다. 하지만 3연으로 이루어진 이 시는
말의 집중력이 뛰어나다는 점에서 하나의 가능성을 제시한다.
즉, 오늘날 산문화와 장형화가 야기한 우리 시의 문제점을 이런
짧은 시를 쓰는 시인들이 타개할 수 있을 것이라는 희망을 갖게
된다. 시란 이와 같이 언어의 절제를 통해 이미지의 선명도를 높
일 수 있다. 이어지는 시편도 대개 짧다. 또한 자연친화적이다.
도시가 시적 배경이 될지라도 시인은 꿈꾸는 공간은 자연이다.

개살구야
너 같이 살구 싶구나

아파트 후문 옆
누울 듯이 비스듬히 일어서

봄바람에 홀려 흰 속옷
다 벗기고도 살구 오지게 매달고

내 술 익어 붉어 젖어 오는 밤
노랗게 익어 터지며 환히 반기기도

건듯 부는 휘청 바람에 후두둑
제 소갈머리 다 퍼주고도

파랗게 무성히 잎 살아 오르는
익어 문드러지는 개살구야

너 같이 살고 싶구나.
— 「개살구야, 너 같이」 전문

아파트 후문 옆에 비스듬히 피어 있는 개살구 역시 끈질긴 생명력으로 생명을 유지하고 종족을 보존한다. 인간세상에서는 자살이 유행병처럼 번지고 있는데, 자연에서는 개살구가 "살구 오지게 매달고" "파랗게 무성히 잎 살아 오르"고, "익어 문드러지"고 있다. 이러한 자연 예찬, 생명 예찬은 계속 이어진다. '노란 눈물종지'는 개나리인 것 같은데 개나리가 "새벽 어둠의 틈새로/ 다투어 밀어내는/ 저 무서운 반란꽃"(「봄·꽃」)이다. "땅 거죽 베

109

어 물고 파란 풀칼이/ 창궐하는 이른 봄의 나라"(「춘래불사춘」)를
봐도 들풀의 생명력을 감지할 수 있다. 그래서 시인은 술냄새를
풍기며 귀가할 때, 은행잎을 부수는 것이 미안해 발꿈치를 들고
걷기도 하는 것이다(「늦은 귀가」). 이런 겸손함은 세상의 모든 나
무가 자신을 나무라고 있는 듯한 느낌을 갖게 한다.

> 나무가
> 나를 나무라는 말
> 먼 산 보지 말고 품속에 벌레조차 숨겨
> 붉은 햇살 빨아 무성한 잎이 되라고
> 가을 깊숙이 풍성한 과육이 되라고
>
> 나무가
> 나무라고 또 나무라는 말
> 너무 멀리 보지 말고 여유롭게
> 너무 많이 안지 말고 허전하게
> 흐르는 듯 멈추는 듯 가라고
> 　　　　　　　－「나무가 나무라는 말」 제2, 3연

  '나무'와 '나무라다'를 교묘히 병치시켜 전개되는 이 시는, 시인
의 자경록이며 반성문이다. 시인은 나무를 스승으로 삼고 있는
데, 스승은 이런저런 말로 화자를 나무란다. 나무는 또 "넘어지
지 않으려 앙상한 뿌리로 땅 부여잡고/ 더 넓고 많은 햇볕 받고
자 저마다 키를 높인다"(「등산」). 폭포는 "거대한 물의 원력을 내
보이며/ 숨가쁜 포말 머금고 길을 가"고, "조용한 평지도 듬뿍 적

시며/ 내 길 만들며 적시며/ 끊임없이 아래로 아래로/ 물길을 간
다"(「폭포」). 이렇듯 자연은 모두 내게 가르침을 주는 스승이다.
하지만 나는 이 세속사회의 한낱 필부에 지나지 않는다. 시인은
스스로를, '취자'라고 부르며 자연의 이치를 느끼거나 자연을 본
받지 못하는 자신을 반성한다.

> 달도 찌그러진
> 늦은 밤
> 취자 왈
> 학문은 똥구멍이요
> 시詩— 이는 오줌 떨치는 소리라
> <u>ㅎㅎㅎ</u>—.
>
> —「취자 시론」 전문

　언뜻 보면 학문과 시에 대한 비하라고 할 수도 있겠다. 엄마가
아기 오줌을 뉠 때 '쉬—' 하고 말하면서 소변을 가리는 법을 가
르치는데, '시—'라는 말과 발음이 비슷하다. 마지막 행 '<u>ㅎㅎㅎ</u>
—'는 비웃음인 것도 같고 우는 소리인 것 같기도 하다. 왜 이런
자조적인 시를 썼는지는 '똥'과 '똥틀'이 나오는 다른 시를 봐야
알 수 있다. 똥틀은 똥을 담은 틀, 즉 '대장大腸'인 듯하다.

> 내 변이
> 익어 문드러진 똥이 안 되고
> 말라빠진 자장면으로 밀어내면

변란이 시작되고
기어이 똥틀이 고장나는구나
노랗게 하늘이 일그러지고
웃음도 노여움도 똥틀의 안부 앞에
속절없이 낙엽이 되는구나
매일 흘러내리는 변기통 위에 걸터앉아
힘겨운 일상 밀어내기에 힘주고
잘 익은 된장을 기다리며
또 하루 똥틀의 안부를
아침, 물소리로 내린다.
—「변의 안부」 전문

사람이 건강하게 살려면 음식물을 잘 먹고 잘 소화시켜서 쉽게 배설해야 한다. 이것 이상으로 중요한 것은 없다. 그런데 불규칙적인 도회지에서의 삶은 종종 변비나 설사를 가져온다. 남자들은 특히 사회생활을 하다 보면 폭음이나 폭식을 하게 된다. 그럼 '변란便亂'이 시작되고, 똥틀이 고장나면 인간은 일상을 제대로 영위할 수 없다. 어찌 보면 아침의 상쾌한 배설행위는 일상의 첫 단추를 잘 꿰는 것이라고 볼 수 있다. 그래서 다 보면 "잘 익은 된장을 기다리며" 똥틀의 안부에 신경을 쓴다. 아침의 상쾌한 배설행위가 없다면 하루 일과는 꼬이게 마련이다. 현대인의 일상적 삶에 대한 탐색은 「똥틀이여, 안녕」에서도 행해진다.

매일 같은
일을 반복하면서

아무 생각 없이 회중시계 추처럼
똑딱거린다면 틀이다
재봉틀은 옷을 만드는 제 일을 하고
쥐 잡는 일에 쥐틀이 요긴한데
거름도 필요없는 세상에 변이나 밀어내는
똥틀
가장 밝고 깨끗함에서 어둡고
독한 뜨거움의 소용돌이 지나
잘 익은 색과 냄새로 변을 밀고 나오는
똥틀
　　　　　　　　　　－「똥틀이여, 안녕」 전반부

　변이나 밀어내는 똥틀이지만 똥틀이란 놈이 수가 틀리면 몸 전체가 곤란해지는 법이다. 똥틀의 역할에 대해 시인은 이런저런 상념에 잠겨보는 것인데, 대체로 무시하는 태도를 취하고 있다. 하지만 똥틀에 탈이 나면 큰일이다. 변비나 설사 정도가 아니다. 장염이면 그래도 다행이다. 대장암이라고 일단 판명이 나면 환자는 수술을 할 수도 있지만 이미 위험해진 상태이다.

　매일 같은
일을 반복하면서 하루라도
통과의례를 멈춰버리면
똑딱거리던 시계도 멈춘다
병원도 약국도 식당도 헬스장도
똥틀의 멈춤을 우려하며 불을 켜고 있다

나 또한 똥틀의 안녕을 위하여
변기 위에 죽치고 앉아
용쓰고 있다.
　　　　　　　－「똥틀이여, 안녕」 후반부

　똥틀의 일이 멈춰지면 안 된다. 우리가 그 일(배설행위)을 지루해 해서는 안 된다. "하루라도／ 통과의례를 멈춰버리면／ 똑딱거리던 시계도 멈추고", 우리는 결국 죽는다. 시인은 똥틀의 안녕을 위해 변기 위에 죽치고 앉아 용을 쓰고 있는데, 이것은 시를 쓰는 행위와 연관이 있다. 예로부터 시인들은 시 쓰기를 흔히 산고에 비유했는데 강희동 시인은 배설행위에 비유했고, 아리스토텔레스의 카타르시스 이론을 상기해본다면 시 쓰기란 곧 똥 싸기이다. 억지로 싸면 시가 안 나오고, 멈추지 않고 계속 힘을 주면 똥이, 아니, 시가 잘 나온다.

　그러한 시인의 소망은 돼지국밥이 되는 것이다. 우리 체질에 가장 잘 소화되는 음식, 바로 돼지국밥 같은 사람이 되는 것이다. 돼지국밥은 서민의 음식이다. 누군가의 살아가는 힘이 되는 장터에서, "후후 불어 씹어 후루룩 목젖 너머로 넘겨 살아 오르는" 돼지국밥이 될 소망을 가져본다. 재미있는 점은 시인 자신 서민이기에 휴일을 무서워한다는 것이다. 주머니 사정이 좋아야 여행도 가는 법이다. "서로 물고 물리며 공空치는 또 요일"이 "또／／ 토요일"이니 요즈음은 휴일이 무섭다는 말이다. 시인의 시론이라고 할 수 있는 또 한 편의 시를 보자.

오래 거기 서 있었다
바람이 흘러도 눈보라 지나쳐도
한 해 하나씩 동그라미 그으며
배추나비도 가고 동박새 겨울 밑으로 숨고 감자꽃도 하얗게 시들
었다
하얀 웃음도 노란 눈물도 푸른 열정도 붉은 사랑도
맥없이 갈 낙엽으로 내리고 네 사랑을 가지마다 숨겼다
－「나무에게, 시에게」 앞부분

계절은 초겨울이다. 나비며 새들은 겨울 '밑'으로 숨고, 감자꽃
도 하얗게 시들었다. 세상의 풍경은 나날이 을씨년스러워지고 있
지만 시인은 애써 다짐한다. "열매 붉지 않으면 어떠랴 맺지 않
으면 어쩌랴" 하면서. 또한 "기다리지 않아도 쉼없는 기다림이
네 그늘 밑에 머무르고/ 부르지 않아도 새들은 네 품으로 날아와
깃들인다"고 하는데 여기서 '너'는 나무이기도 하고 시이기도 하
다. 나무와 시가 동격이다. 나무는 잎을 떨어뜨렸지만 잎에 대한
사랑을 가지마다 숨기고 있다. 시가 그렇다. 세상이 나를 알아주
건 그렇지 않건 내가 묵묵히 시를 사랑하면 시도 나를 품어 주리·
라는 믿음을 강희동은 갖고 있다.

거기 내 있어 여기 그대 보노라
날이 밝아 새들의 우짖음도 활처럼 휘어지고
놓으면 핑 떠나갈 듯 아득함이 팽팽한데
그냥 묵언으로 세상에 맞서 뿌리내린 나무

115

빛이 사그라진 밤 모두가 그늘이다
그늘이 없는 쉬어 가는 적막이다
한 획 성냥불 그어대는 씨불이
그늘을 밝힌다 어둠을 태운다
일렁이는 시의 그늘이 된다.
　　　　　　　－「나무에게, 시에게」 끝부분

　나무는 날이 밝을 때에는 묵언으로 세상에 맞서 뿌리를 내리고, 어둠이 내리면 "한 획 성냥불 그어대는 씨불"로 그늘을 밝히고 어둠을 태운다. 씨불이란 언어의 불씨, 즉 시어를 가리킨다. 세상이 아무리 혼탁해지고 혼란스러워져도, 언어의 불씨를 간직한 시인들이 있는 한 절망의 구렁텅이로 빠지지 않으리라는 믿음을 갖고 쓴 시가 바로 「나무에게, 시에게」이다. 이 시는 그러니까 시인이 나무에게 쓴 시인 것 같지만 실은 나무에게 발화하는 형식을 빌려 자신의 시론을 피력해본 것이다. 앞으로도 강희동 시인의 시가 잎을 피우고 가지를 뻗어, '일렁이는 시의 그늘'을 이루기를 바란다.
　시집의 제3부는 연애시 모음이다. 하지만 연애시라고 해서 익명의 타자에 대한 막막한 그리움을 노래한 시라고 보면 오산이다. 이루어질 수 없는 사랑에 대한 고뇌와 상처의 시편이 대부분이다. "술과 사랑에 눈멀어 병을 얻었네// 눈병을 얻었네 보지 못하네// 그대 보이지 않네."로 끝나는 「사후약방문」이나 "그대에게 이르는 그곳은 너무 멀리 있다."로 끝나는 「피안」도 그렇지만 다음 시는 이별의 아픔을 절절히 토로하고 있다.

116

그대 보내고 나서
큰 강을 건넜다
강을 건너지 못하는 길
허리에 강을 두른 자작나무숲 두고
강을 건넜다

(······)

그대 버리고 나서
목젖 아리게 쥐어뜯는 자주감자꽃
그렁그렁한 가로등이 눈물 자루
흘러 흘러 도랑물 되고 아득한 안개꽃 피고
강자갈 쌓이고 또 강물이 흐느끼고
                    ─「그대 떠나고 나서」 첫 연, 끝 연

　처음에 시적 화자는 그대를 보냈다고 했지만 마지막 연에 이르러서는 그대를 버렸다고 했다. 그대가 떠난 것이 아니라 내가 떠난 것이다. 그렇기 때문에 오히려 슬픔은 배가된다. 그렁그렁하던 가로등이 눈물을 주룩주룩 흘려 도랑물을 이루므로 시인은 비탄에 사로잡힌다. 이윽고 슬픔의 강에는 홍수가 진다. 강가에 자갈이 쌓이고 강물이 흐느끼니 화자의 절망감은 격랑을 이룬다. 이런 연애시에서는 사랑에서 이별까지의 전개 과정이 구체적으로 제시되어 있지는 않지만 시인은 이루어질 수 없는 사랑에 대해 서러워하고 있다.

시집은 제4부에 이르면 불교적인 색채를 강하게 지니게 된다. 공간적 배경이 사찰인 경우가 특히 그러한데, 시인의 정신의 거처가 불교라고 여겨진다. 하지만 시인이 불교도인 것 같지는 않다. 지상의 청정 도량을 찾는 시인의 구도자적인 마음이 잘 드러나 있는 시로 「도피안사」「상원사 적멸보궁」「월정사」「청계사 가는 길」「보문사 보견이」「백담계곡」「소는 숲으로 가고」 등이 있는데 이 가운데 최고의 작품으로 「백담계곡」을 꼽고 싶다.

너 거기서 길 따라
산 계곡 깊숙이 오르고

나 여기서 물 따라
산 아래로 허적허적 내린다

언제 만나련가 기약 없어도
슬쩍 스치는 옷깃에 머무는 묘연

인연이다 인연이다 빗질하며
바람 더불어 산허리로 내리는 구름

산 또아리 풀어 계곡을 내면
물 중중 산 첩첩 물문을 열어

백 굽이 머물다 돌아치는 물머리
미움도 연민도 더불어 물이 되어

너 길 따라 숲으로 들고
나 물 따라 마을로 온다.
─ 「백담계곡」 전문

시인의 거처는 산 아래 저잣거리에 있다. 하지만 백담계곡을 흐르고 있는 맑은 물을 보니 너와 나의 인연이 참으로 묘하다는 생각이 든다. 나는 인간이고 너는 자연이다. 나는 유한자이며 너는 무한대이다. 자연의 품에 안겨 있다 보니 미움도 연민도 더불어 물이 된다. 물은 백 굽이 돌다가 돌아쳐 여기에 이르렀으니 얼마나 가혹한(혹은 기구한) 인연이며 업인가. 그런데 너는 길 따라 숲으로 들지만 나는 세속도시의 한낱 필부인 것을. 산사에 계속 머물 수는 없다. 물 따라 마을로 돌아올 수밖에.

자, 이제 강희동 시인의 영혼의 지향점을 보다 확실히 알 수 있겠다. 몸은 비록 세속도시를 떠날 수 없지만 마음은 늘 구법의 순례길로 나서고 있다. 그 옛날 혜초가 눈뜨면 길로 나섰듯이 말이다. 시인은 산에 오르고 절을 찾는다. 자연과 만나며 대지를 호흡한다. 꽃과 나무가 스승이다. 높은 산에 있는 고찰이 마음의 의지처依支處다. 이렇게 수양하듯이 시를 써온 강희동 시인이 생각하는 시인관은 이렇다.

종은 제 몸을 때리며
청아한 소리 토한다

누군가 때리는 자 있어
소리로 살아 종이 되었다

맞을수록 넘치고 번져
오래 맴도는 여운

나 누구에게 예배당 종처럼 맞아
청아한 제 소리 낼 수 있을까

스스로의 울음으로 날아가
미몽을 깨우는 종소리 될 수 있을까.
─「시인」 전문

종은 맞아야 소리를 낸다. 시인도 마찬가지다. 세속사회에서의 삶이 각박할수록 할 이야기가 있는 것이다. 세상은 시인을 모질게 대하지만 시인은 그런 것에 주눅들지 않고 오히려 힘을 낸다. 예배당의 종처럼 누구에게 맞아도 좋다. 그럼 더욱 청아한 제 소리를 낼 수 있으니 말이다. 강희동 시인이 "스스로의 울음으로 날아가/ 미몽을 깨우는 종소리"가 될 수 있기를 바라면서 해설 쓰기를 이 시점에서 멈추기로 한다. 거듭 정진하여 온 도시에 울려 퍼지는 큰 종소리를 내는 시인이 되시기를.